MARCO HAURÉLIO

AVENTURAS DE ROLDÃO

O PALADINO DA FRANÇA

ILUSTRAÇÕES: Jefferson Campos

cultura

ISBN 978-65-5748-057-1

EDITORA DE CULTURA LTDA.
Rua Baceúnas, 180 – CEP 03127-060
São Paulo – SP – Brasil
Fone: (55 11) 2894-5100

atendimento@editoradecultura.com.br
www.editoradecultura.com.br

Primeira edição: agosto de 2025

Impressão:	5ª	4ª	3ª	2ª	1ª
Ano:	29	28	27	26	25

CIP-BRASIL. CATALOGAÇÃO NA PUBLICAÇÃO
SINDICATO NACIONAL DOS EDITORES DE LIVROS, RJ

H312a
Haurélio, Marco, 1974-
Aventuras de Roldão : o paladino da França / Marco Haurélio ; ilustração Jefferson Campos. – 1. ed. - São Paulo : Editora de Cultura, 2025.
92 p. : il. ; 23 cm.

ISBN 9786557480571

1. Orlando (Personagem lendário) – Romances de cavalaria – Poesia. 2. Poesia brasileira. I. Campos, Jefferson. II. Título.

25-99084.0 CDD: B869.1
CDU: 82-1(81)

ÍNDICE PARA CATÁLOGO SISTEMÁTICO
Meri Gleice Rodrigues de Souza – Bibliotecária – CRB-7/6439
08/07/2025 09/07/2025

SUMÁRIO

introdução

Foi um desafio, uma peleja e uma grande honra trazer para o cordel a saga do cavaleiro Roldão, o mais famoso dos heroicos guardas pessoais do imperador Carlos Magno (742-814), ou Carlos, o Grande, que uniu os diversos reinos existentes na Europa durante a Idade Média. Roldão era o principal dos Doze Pares de França, a fraternidade guerreira desse importante monarca.

Baseei-me na monumental *História do Imperador Carlos Magno*, traduzida para o português por Jerônimo Moreira de Carvalho, e em *A Canção de Rolando*, escrita ou copiada por Turold, obscuro monge de origem normanda, entre o final do século XI e o início do século XII. Li, ainda, os entrechos de duas cavalhadas dramáticas baianas, nas quais se conservam vivos e atuantes os personagens da chamada Matéria Francesa – isto é, o material lendário relativo à França na literatura medieval. Recorri às epopeias italianas *Orlando Furioso*, de Ludovico Ariosto, e *Orlando Enamorado*, de Matteo Maria Boiardo. Orlando e Rolando são designações do mesmo herói. Roldão foi tema de acalorada discussão no imortal *D. Quixote*, de Miguel de Cervantes. Reli ainda todos os folhetos da matéria carolíngia e o *Romance da Pedra do Reino*, do inesquecível romancista e dramaturgo brasileiro Ariano Suassuna (1927-2014), no qual as referências a Carlos Magno e aos Doze Pares de França são abundantes.

As fases da vida do herói foram garimpadas em obras distintas: a infância, a juventude e o episódio do leão de ouro aparecem na *História de Carlos Magno*, e a sua morte heroica em Roncesvales, na Espanha, é a razão de existir d'*A Canção de Rolando*.

A forma *Roldão*, como o grande paladino é conhecido no Brasil e em Portugal, baseia-se não apenas nas fontes escritas, mas também nos folguedos. Além das cavalhadas, eles envolvem as cheganças, marujadas e autos independentes, como o de Floripes, dispensando maiores justificativas. Outra dificuldade foi fixar o nome dos Doze Pares, por conta da disparidade entre a *Canção* e a *História de Carlos Magno*. Optei, nesse caso, pela última obra, que dialoga mais de perto com as nossas tradições populares.

Encruzilhada semelhante se apresentou no tocante ao nome da amada do herói: Auda, irmã de Oliveiros, na *Canção*; Angélica, filha de Abderraman, na *História de Carlos Magno* e nos cordéis. Fiquei, também, com a segunda opção. E descobri, quando pesquisava outras versões da história do combate entre Roldão e o gigante Ferragus, o livro *Legends of Charlemagne or Romance of the Middle Ages*, de Thomas Bulfinch ["*Lenda de Carlos Magno ou Romance da Idade Média*"], inédito no Brasil.

É preciso advertir que as aventuras atribuídas ao paladino foram compostas ao longo de nove séculos e, a depender do contexto, apresentarão muitas variações. Personagem fascinante, Roldão figura na literatura de cordel e no repente nordestino como símbolo do herói indomável, campeão da Cristandade, líder de uma fraternidade guerreira, cavaleiro indômito e modelo que inspiraria, em outras épocas, os caubóis do Faroeste americano e os cangaceiros e vaqueiros nordestinos.

Marco Haurélio

AVENTURAS DE ROLDÃO

O PALADINO DA FRANÇA

1. Onde se conta dos amores de Berta e Milão e da ira de Carlos Magno, rei dos francos.

Carlos Magno foi um rei
Eternizado na história;
De suas grandes façanhas
Ainda existe a memória.
Já em vida era coberto
Por uma auréola de glória.

Governou por muitos anos
Com o cetro, a espada e a lança,
Aumentou o seu império
Com força e perseverança,
Graças aos seus cavaleiros,
Os Doze Pares de França.

De todos estes guerreiros,
Um tinha voz de trovão,
A astúcia duma raposa,
Com a força do leão.
Se a França o chamou Roland,
No Brasil, ele é Roldão.

Roldão era um cavaleiro
De figura soberana.
Em campo, quando brandia
Sua espada Durindana,
Assustava os inimigos
Com coragem sobre-humana.

Este guerreiro que foi
De Carlos Magno sobrinho
Jamais se curvou ao medo,
Nunca em vida foi mesquinho,
Fez da honra o seu brasão,
Da justiça o seu caminho.

Sua vida não foi fácil:
No desamparo nasceu.
Injúrias de todo tipo
Berta, sua mãe, sofreu.
Era irmã de Carlos Magno,
Em um tempo de apogeu.

Berta tinha um grande amor,
Verdadeira devoção;
Um corajoso vassalo
De elevada posição.
Era um duque italiano
Que se chamava Milão.

Quando a paixão deles dois
Foi pelo rei descoberta,
Este virou uma fera
E, para ficar alerta,
Numa torre muito alta
Mandou que prendessem Berta.

A pobre dizia: – Deus,
Tende dó do meu estado.
Trancada nesta enxovia,
Tão longe do meu amado.
Mandai Milão ou levai-me
Deste mundo malfadado!

Porém, Milão, muito astuto,
Buscou a sua princesa
E descobriu o local
Onde Berta estava presa.
Daquele dia em diante,
Acabou sua tristeza.

Disfarçado de viúva,
Visitou-a na prisão.
Quando ela o reconheceu,
Quase para o coração.
Logo entregou-se ao amado,
O belo duque Milão.

Acabou aparecendo
O fruto daquele amor
E a traição praticada
Pela irmã do imperador
Chegou até Carlos Magno,
Que mostrou muito rancor.

Ele ordenou que caçassem
Milão como um animal
E que acabassem com ele,
Por ter agido tão mal.
E Berta foi condenada
A morrer de modo igual.

Já sentenciada à forca,
Sem haver apelação,
Ela foi a Carlos Magno
Para pedir-lhe perdão,
Mas o rei nem parecia
Ter no peito um coração.

No outro dia, ela seria
Perante o povo enforcada,
E, ainda que lhe pedisse
Por Maria Imaculada,
O rei, de orgulho ferido,
Não quis escutá-la em nada.

Alta noite, ela dormia,
Quando ouviu alguém bater.
Achou que eram os carrascos
E pensou: "Eu vou morrer!" –
Mas era o nobre Milão,
Que a viera socorrer.

Ele dominou os guardas
Com a ajuda de vassalos
E para a fuga já tinha
Preparado dois cavalos
Tão possantes, que os do rei
Não podiam alcançá-los.

Os dois amantes fugiram
À boca da madrugada.
Entraram nos matagais,
Pois, se fossem pela estrada,
Seriam reconhecidos
E reduzidos a nada.

2. Onde se lê sobre o nascimento de Roldão, sobre sua quase morte, e se explica a razãode seu estranho nome.

Após a longa viagem,
Aqueles dois infelizes
Sentiam no corpo e na alma
Tão profundas cicatrizes,
Pois só podiam comer
Frutos do mato e raízes.

Mas um dia a pobre Berta,
Sentindo dores, pediu
Que repousassem um pouco
E o amado consentiu;
Para uma escura caverna
A princesa conduziu.

Sentindo as dores do parto,
Berta já perdia o brilho
E disse: – Meu Deus! Que sina!
Como é triste esse meu trilho.
Não tenho sequer um trapo
Para envolver o meu filho!

Milão, que também sofria,
Compreendeu seu desejo.
Em busca de algum amparo
Procurou um vilarejo,
Por lá encontrou um cura
De espírito benfazejo.

Enquanto isso, a sua esposa,
Já em tempo de ultimar,
Viu seu filho que nascia
Numa ladeira rolar.
Exaurida como estava,
Não o podia amparar.

Quando Milão retornou,
E viu a mulher caída
E o filho desfalecido,
Perdeu sua fé na vida,
Mas um gemido lhe trouxe
Algum alento em seguida.

Ele chamou pela esposa,
E ela, então, lhe respondeu,
O alimento que arranjara
À coitada ofereceu,
Depois, amparou o filho
E em panos o envolveu.

Berta, se recuperando,
Disse: – Meu filho, eu espero
Que Deus cuide bem de ti,
Assim não me desespero.
E tu, Milão, sê feliz
Na vida é tudo o que quero.

E pediu ao seu amado,
Por seu temor ao abismo,
Que fosse até uma igreja,
Conforme o Cristianismo,
Dando ao filho que nasceu
A santa lei do batismo.

Milão, pegando o filhinho,
Logo ao despontar do dia,
Assim que encontrou o cura,
Com renovada alegria,
Foi a uma igreja e levou
Seu filho estimado à pia.

– Qual o nome do menino? –
Pergunta-lhe o padre então.
Uma dúvida se apossa
Do pobre duque Milão,
Mas ele reflete e diz:
– O nome dele é Roldão.

Pôs este nome porque
Foi encontrado a *rolar*.
O padre achou muito estranho,
E, pensando em seu penar,
Deu-lhe bastantes moedas
Para alimento comprar.

Assim que o duque chegou,
Berta viu os bons sinais,
Abraçou-o bendizendo
As hostes celestiais,
E tomou no braço o filho,
Que ela amava por demais.

Naquele ermo, os pobrezinhos
Ficaram por quatro anos.
Milão então disse a Berta:
– Apesar dos desenganos,
Deixar esta cova escura
Sempre esteve nos meus plenos.

Vamos buscar outra terra,
Outro reino, outro país,
Onde nosso filho possa
Finalmente ser feliz,
Distante, muito distante,
Da refulgente Paris.

Chegando perto de um rio,
Com fé e muita coragem,
Milão pegou o seu filho,
Levou-o para a outra margem,
E foi buscar sua esposa,
Mas foi perdida a viagem.

Porque no meio do rio
Uma correnteza forte
Surgiu e arrastou o duque,
Desprotegido da sorte,
Levando-o para bem longe,
Nos braços tristes da morte.

Berta, vendo que morria,
Conseguiu saltar além,
Num recanto de águas mortas,
Junto a seu filho, seu bem,
Vendo o esposo ser levado,
Da correnteza refém.

O duque ainda acenou,
Como quem diz: "Fica calma!".
Berta, de longe inda viu,
Da mão do amado a palma
E implorou: – Deus, recebei
De Milão, no céu, a alma.

Estou sozinha no mundo,
Exposta à chuva, ao sereno,
Sem roupa e sem alimento,
Com este filho pequeno,
Peço, Senhor, protegei-nos,
Mandai-nos um tempo ameno!

Berta esperou, paciente,
A correnteza baixar,
E pela margem do rio
Ficou um dia a buscar
Um local que fosse raso
E pudesse atravessar.

Alcançando seu intento,
Retornou à cova escura.
O sofrimento era tanto,
Que já beirava a loucura.
Porém, pensando no filho,
Não perdeu toda a ternura.

3. Onde se contam as façanhas de Roldão, ainda na infância, o encontro com o tio, Carlos Magno, e a reconciliação deste com Berta.

Passou o tempo e Roldão
Disse a Berta: – Mãe amada,
Já que meu pai não mais vive,
Vou seguir por essa estrada,
Rogando a Deus que abençoe
Meus passos, minha jornada.

A mãe ficou pesarosa
Sem querer deixá-lo ir,
Mesmo assim, Roldão saiu
Por esse mundo a pedir
Uma esmola para o povo,
Sem ao medo sucumbir.

Foi à cidade de Sena
Com um saquinho na mão,
Onde uns rapazes velhacos
Lhe fizeram mangação
E foram surpreendidos
Pela altivez de Roldão.

– Se vós não tendes respeito
A quem nasceu sem um cobre,
Sabei que após escutarmos
Do sino o funesto dobre,
A terra, de boca aberta,
Engole o rico e o pobre.

Os rapazes, nesse instante,
Pela vergonha abatidos,
Viram que aquele menino
Era dos mais destemidos
E auxiliaram Roldão,
Com manjares bem-servidos.

Aquele grupo de jovens
Vivia sempre encrencado
Com um rapaz presunçoso,
Arrogante e desalmado,
Chefe de um grupo rival,
Que tinha por nome Oldrado.

E sempre que os encontrava,
Era um horrendo estandarte,
Mas agora com Roldão,
Que era quase um baluarte,
O tal Oldrado veria
Da história a outra parte.

E, de fato, houve uma briga,
Onde Roldão interveio.
Os jovens portavam pedras,
Era um barulho tão feio
Que quem quisesse ter paz
Fugia daquele meio.

O filho de Berta, entrando
Na luta igual um leão,
Agarrou o tal Oldrado,
Fez com que beijasse o chão,
Acabando, para sempre,
A fama do valentão.

E na cidade de Sena,
O palco daquele drama,
Roldão, com aqueles jovens,
Desfazendo a rude trama,
Viu crescer por todo canto
De seu destemor a fama.

Ele ia sempre ao palácio
Movido pela esperança
De conseguir uma esmola,
Mesmo sendo inda criança.
Num dia passou por lá
O imperador da França.

O famoso Carlos Magno,
Vindo de Roma, passou
Naquele palácio, em Sena,
Onde o príncipe o hospedou,
Roldão, sem saber quem era,
A grande sala adentrou.

Fez mesuras, brincadeiras,
O menino tão gaiato,
Depois se achegou à mesa,
E passou a mão num prato;
O monarca achava graça,
Sem se importar com o fato.

Ele levou o manjar
Para onde a mãe se achava.
Depois de ouvir a história,
Berta se desesperava;
Temendo ser descoberta,
Com o filho ela ralhava.

Roldão pouco se importou,
Mesmo que levasse um couro.
No outro dia, no palácio,
Agindo com desaforo,
Das mãos do tio tomou
Uma bela fonte de ouro.

Nesse ponto, Carlos Magno
Notou que o caso era sério
E disse a seus cavaleiros:
– Para mim, isso é mistério.
A coragem do menino
Mostra que ele tem critério.

E para quatro vassalos
Ordenou o grande rei:
– Vão atrás do meninote,
Amparados pela lei,
Pois ele me impressiona,
Mas o motivo eu não sei.

Roldão, que estava na furna,
Contou sua história a Berta.
Esta, depois de o ouvir,
Resolveu ficar alerta.
Se o irmão a descobrisse,
A desgraceira era certa.

Os cavaleiros chegando,
Ouvindo a conversação,
Pensaram que a tal caverna
Era um covil de ladrão,
Mas, lá entrando, encontraram
Berta e seu filho Roldão.

– Não matem meu pobre filho! –
Disse ela em grande alarido.
Os homens a conheceram,
Cada qual mais comovido,
Porque eles quatro eram primos
De seu finado marido.

Ela contou seu passado,
Trespassada pela dor.
Os cavaleiros, tocados,
Com gesto consolador,
A deixaram, indo até
O seu bravo imperador.

Lá chegando, de joelhos,
Ante o rei tão nobre e bravo,
Disseram: – Vimos pedir
Perdão para um grande agravo,
Pois sois senhor poderoso,
Mas da honra sois escravo.

O famoso imperador
Garantiu que atenderia
A qualquer pedido deles,
E os quatro com alegria
Falaram da pobre Berta
Que numa cova jazia.

Saiu a imperatriz,
Das damas acompanhada,
Até a cova medonha,
Em demanda da cunhada.
Lá, faminta e maltrapilha,
Berta foi localizada.

Levada até Carlos Magno,
Com o pequeno Roldão,
Ajoelhada a seus pés,
Berta pediu-lhe perdão.
Mesmo sendo injustiçada,
Não teve raiva do irmão.

E, superadas as mágoas,
Foram com destino à França.
Carlos Magno, sua corte,
Com Berta e a linda criança.
Lá chegando, teve início
A mais incrível festança.

4. Onde aparecem, enfim, os Doze Pares de França, a fraternidade guerreira de Carlos Magno.

Mesmo sendo muito jovem,
Por seus dotes de guerreiro,
Perante os demais vassalos,
Roldão, seguindo o roteiro
De outros heróis, ante a corte,
Foi sagrado cavaleiro.

Houve justas e torneios,
Com Roldão como destaque.
Veio um príncipe de Gênova,
Mas não suportou o baque:
Foi vencido pelo jovem
Sob rumorosa claque.

E um príncipe saboiano
Enfrentou o paladino,
Pensando que era bem fácil
Por se tratar de um menino:
Do cavalo foi ao chão,
De bravo virou mofino.

Muitos outros cavaleiros,
De boas armas munidos,
Lutaram contra Roldão,
Orgulhosos e atrevidos.
Terminaram derrotados,
Por sua lança feridos.

Carlos Magno, enternecido,
Reuniu toda a nobreza
Para celebrar Roldão,
Pois entendeu, com certeza,
Que não havia no mundo
Herói com igual destreza.

Com o tempo, suas gestas
Foram tantas, e sem par,
Que nem o melhor poeta
As poderia cantar,
Já que, dentre todos bravos,
Roldão era singular.

Não tinha grande estatura,
De rosto oval e carnudo,
Cinquenta e oito polegadas,
Era, de fato, miúdo,
Cabelo preto, animoso,
Mas na luta era sanhudo.

Oliveiros, seu amigo,
Pele clara, olhos azuis,
Era garboso e prudente,
Guerreiro de rara luz,
Vencedor de Ferrabrás,
Gigante rival da cruz.

Além destes dois amigos,
Irmãos de armas e fiança,
Outros notáveis guerreiros
Vivem na nossa lembrança,
Pois o mundo inda celebra
Os Doze Pares de França.

Já disse um grande poeta:
Eram os Leões da Igreja,
Combatentes tão ferozes
Na mais renhida peleja,
Cantados em seu país
E na gesta sertaneja.

Os pares eram Roldão,
Oliveiros e Guarim,
Ricarte de Normandia,
Duque de Nemé, Bosim.
Reinaldo de Montalvão
E o arcebispo Turpim.

Com Urgel de Danoá
E Tietre de Dardanha,
Gerardo de Mondifer,
Senhor de força tamanha,
E ainda Gui de Borgonha,
Assombro de toda a Espanha.

Havia outros cavaleiros,
Sujeitos de fidalguia.
Constantino, rei de Roma,
Hoel, cuja valentia
Foi celebrada na lira
Dos mestres da poesia.

Jofre, senhor de Bordéus,
Pereceu numa batalha,
E em seu lugar foi sagrado
Galalão, grande canalha,
Que, contra os Pares de França,
Cometerá grande falha.

Ele, assediando Berta,
Conquistou a sua mão
E, por ser dissimulado,
Subia de posição,
Invejando, sem pudor,
Seu enteado Roldão.

Mas deixemos Galalão,
Sua inveja e cupidez.
Vamos tratar de Roldão:
Das grandes ações que fez,
Que o tornaram conhecido
Além do solo francês.

Por ora, é bom que se frise:
Quando Ferrabrás chegou
Aos campos da Marmionda,
Roldão, bravo, recusou
Combater esse gigante,
Que Oliveiros derrotou.

Reclamava o paladino,
Naquele infeliz momento,
Que Carlos Magno não deu
Justo reconhecimento
Por suas grandes vitórias,
Mercê de seu sofrimento.

Ferrabrás de Alexandria,
Gigante descomunal,
Quando perdeu a batalha,
Sentindo perto o final,
Aceitou ser batizado,
Tornou-se justo e leal.

Ainda ajudou os Pares,
Numa grande altercação,
Em que todos terminaram
Numa odiosa prisão,
Comandada por seu pai,
O almirante Balão.

Floripes, a sua irmã,
Levando vida enfadonha,
Assim que pôs os seus olhos
No belo Gui de Borgonha,
Ajudou-os a fugir,
Sem culpa, medo ou vergonha.

E findou por se casar
Com o famoso guerreiro,
Porém na festa uma ausência
Apontava outro roteiro:
Por onde andava Roldão,
O sublime cavaleiro?

Ricarte, um dos Doze Pares,
Da brava gente normanda,
Preocupado com ele,
Saiu em sua demanda.
Encontrou-o a suspirar
Numa espaçosa varanda.

– Que tens, amigo, que não
Assististe ao casamento
Do grande Gui de Borgonha?
Acaso algum ferimento
Não curado causa em ti
Muita dor e sofrimento?

Roldão disse: – Meu amigo,
Comprei junto a um mercador
O retrato de uma moça,
De semblante encantador,
Que é como se a gente visse
O próprio rosto do amor.

– E por que tanta tristeza?
– Ricarte, esta flor louçã,
Princesa de Timorante,
É uma dama pagã,
Filha do grande rei turco,
O cruel Abderraman.

E explicou ao seu amigo
A triste situação.
Ricarte ficou tocado,
Mas não via solução,
Até que veio um chamado
De um rei de uma outra nação.

5. Onde se trata dos amores de Roldão por Angélica, filha de Abderraman, e de como estes dois jovens, que se amavam, fugiram em um Leão de Ouro, que não era, efetivamente, um leão.

Galafre, rei de Toledo,
Mandou a Carlos, vexado,
Uma embaixada, pedindo
Auxílio ao seu aliado.
Galafre, que era pagão,
Fora um dia batizado.

O fato é que os cavaleiros,
Com o exército francês,
Seguiram para Toledo.
E Roldão, por sua vez,
Aproveitou o momento:
Vamos ver o que ele fez.

A luta era desigual,
Havia turcos demais,
Mesmo assim, os cavaleiros
Derrotaram seus rivais:
Cerca de vinte mil homens,
Com Almendrol entre os tais.

Foi este homem que falou
Sobre Angélica, a princesa
Que na cova Tristeféa
Há tempos se achava presa
Pra não casar com um nobre,
Filho da terra francesa.

Fredegundes, a madrasta,
Encerrou-a na prisão,
Guardada por Brutamonte,
Um cavaleiro pagão,
De tamanho desmedido
E insensível coração.

Ricarte e Roldão lutaram
Contra muitos cafajestes
E, depois que os derrotaram,
De posse de suas vestes,
Disseram: – Agora entramos
Na terra daquelas pestes!

Ricarte encomendou logo
A um ourives respeitado
Que fizesse um leão oco,
Mas devia ser dourado
E movimentar as patas,
Como se fosse encantado.

Deu muito dinheiro ao homem,
Que fabricou o leão.
Depois, escondeu no bojo
O bravo conde Roldão
E vendeu aquela "joia"
Para o gigante pagão.

Como presente a Angélica
Ficou o leão na cova.
De Roldão, quando anoitece,
A esperança se renova,
E ele se apresenta à moça –
Foi esta a primeira prova.

Vendo-o, a pobre passa mal
E por ele é amparada.
Quando ela se recupera,
Roldão fala: – Minha amada,
Venho aqui para livrar-te
Dessa vida malfadada.

A criada Zalabarda
Ajuda o moço e a princesa.
Primeiro, saiu Angélica
Da cova onde estava presa,
Na barriga do leão,
Causando muita surpresa.

Zalabarda a Brutamonte
Disse: – A princesa mandou
Se desfazer do leão,
Que num sonho a assustou. –
Era, de fato, mentira,
Mas o besta acreditou.

Ricarte foi quem pagou
Por ele a maior quantia.
Levou Angélica embora,
Porque do plano sabia.
Roldão, que ficara preso,
Mais tarde o encontraria.

De fato, na madrugada,
Saiu o bravo Roldão
Disfarçado como turco,
Mas Brutamonte, o pagão,
Quando o viu, desconfiou,
Indo em sua direção.

Roldão tentou disfarçar,
Mas o turco percebeu,
Que ele era de outro país,
E chamou o povo seu.
Uma multidão armada
Num instante apareceu.

O fato é que os dois lutaram,
Mas Brutamonte sacou
O seu alfanje pesado
E contra Roldão marchou;
Este, com a Durindana,
Pelo gigante esperou.

Rolaram escada abaixo,
Numa cena apavorante.
Zalabarda foi livrar
Roldão da morte e, no instante,
Quis curá-lo com um bálsamo,
Porém curou o gigante.

Brutamonte ainda deu
Quatro golpes no rapaz
E foi enfrentar Ricarte,
Que era um guerreiro voraz,
Porém, por estar cansado,
Findou caindo pra trás.

Zalabarda então fechou
A porta da fortaleza.
E aquele ato da criada
Fez de Ricarte a defesa
Quando surgiu o ourives
Para trair a princesa.

Brutamonte descobrindo-a,
Pra grande tristeza sua,
Deixou a princesa Angélica,
Presa na Torre da Lua,
Porém a sua intenção
Era enforcá-la na rua.

Roldão, que voltou a si,
Notou que estava ferido.
Zalabarda lhe contou
Do seu engano sentido.
Logo após chegou Ricarte,
O seu amigo querido.

Sendo as feridas do moço
Curadas no mesmo instante,
Com o bálsamo que fora
De Ferrabrás, o gigante,
Este recobrou o ânimo,
E a beleza do semblante.

Por uma felicidade,
Zalabarda pôde ouvir
Que para a Torre da Lua
Angélica ia seguir
E alertou os dois amigos,
Que deveriam fugir.

Lembrou-se então de uma mina
Que dava para a prisão,
Uma galeria oculta
Sem a total ligação.
Mesmo assim, os dois entraram,
Por não ter outra opção.

Os guardas de Brutamonte
Vieram para matá-los.
Não os achando, tentaram
A todo custo encontrá-los;
Zalabarda, ameaçada,
Obrigou-se a delatá-los.

Foi o buraco vedado.
Sem entrada e sem saída,
Ficaram presos no meio,
Dando a causa por perdida,
E, se não fosse Oliveiros,
Teriam findado a vida.

Antes, é bom que se diga:
Houve uma luta cruel,
Muitos franceses morreram
E os pares Guarim e Urgel
Terminaram sendo presos,
Sorvendo a taça de fel.

Oliveiros foi atrás
E os conseguiu libertar,
Metido em trajes de turco,
A torre pôde escalar,
Fingindo ser o vigia,
Mudando o seu linguajar.

Seguindo pra Tristeféa,
Buscaram os seus amigos,
Enfrentaram muitos turcos,
Brutos que só mil castigos.
Venceram-nos escapando
Dos mais terríveis perigos.

Vendo argamassa e caliça
Na entrada do boqueirão,
Removeram cada pedra,
Com desmedida aflição,
E quando, enfim, conseguiram,
Viram Ricarte e Roldão.

A alegria durou pouco,
Pois Roldão disse: – Por mim,
Uma princesa hoje sofre
Nas mãos de um senhor ruim.
Pela mina, rumo à torre,
Irão Ricarte e Guarim.

Eu, Oliveiros e Urgel
Guardaremos a entrada
Contra o rei e seus asseclas.
Sendo a moça libertada,
Iremos todos embora
Dessa terra malfadada.

Na mina havia uma maça
E uma pedra de moinho.
Os dois rapazes puderam
Com elas abrir caminho
À torre, livrando Angélica
De um destino tão mesquinho.

E puseram fogo àquela
Prisão nefasta e odiosa.
Abderraman, que voltara,
Disse, com voz pesarosa:
– Perdi minha única filha!
Que cena mais dolorosa!

Foi, junto de Brutamonte
E o gigante Salgueirão,
À cova de Tristeféa,
Com ódio no coração,
Para dar fim aos três jovens
Que se achavam na prisão.

Os Pares se defenderam
Enfrentando os oponentes,
Guerreiros de muita força,
Armados de unhas e dentes;
Em vez de três cavaleiros,
Toparam cinco valentes.

Naquela batalha insana
Os cinco se revezavam
Guardando o grande portão,
Enquanto os turcos tombavam,
Mas, passados vários dias,
Os mantimentos minguavam.

Roldão, Guarim e Oliveiros
Foram a um armazém,
Rompendo o cerco dos brutos,
E trouxeram mais de cem
Quilos de bons mantimentos –
Assim passariam bem.

Entretanto, o rei pagão
Recebeu reforços antes
De Carlos Magno chegar,
Vindo de terras distantes:
Oitocentos mil guerreiros
E sete mil elefantes.

Vinte e dois reis inimigos
Chegavam com a missão
De acabar com os franceses,
Sem pena nem compaixão.
Mas, por não poder vencê-los,
Incendiaram a prisão.

E na cova uma mistura
De enxofre, alcatrão e breu
Foi jogada, e a labareda
Os cinco Pares lambeu,
Porém eles se afastaram
E o fogo não os venceu.

Quando as chamas se apagaram,
Com desejo de vingança,
Abderraman ordenou:
Abrissem sem mais tardança
Mais portas na prisão para
Matar os Pares de França.

E uma multidão sem fim
Naquele instante cavava.
Já estavam quase entrando,
Quando um soldado gritava
Que à frente de grande exército,
Carlos Magno ali chegava.

O rufar de mil tambores
Era a senha do combate.
O rei franco, sem receio,
Sobre o inimigo se abate
Na esperança de fazer
Na Tristeféa o resgate.

A luta era encarniçada,
Contra esses bravos rivais.
Os soldados sarracenos
Eram quatro vezes mais
Que os francos, porém os Pares
Não se rendiam jamais.

Após três dias de luta,
Rompendo o cerco, os rapazes
Deixam a moça na cova
E liquidam os sequazes,
Se juntando aos seus amigos,
Que na batalha eram ases.

Dando a guerra por perdida,
Brutamonte e Salgueirão
Abderraman, Talamarte,
Este um famoso sultão,
Fugiram, com Fredegundes,
De Carlos Magno e Roldão.

A princesa foi trazida
E a Carlos apresentada.
Pelo imperador da França,
Angélica abençoada
Abraçou-se com Roldão,
Se sentindo aliviada.

Fredegundes, a madrasta,
Que fora tão inclemente,
Se perdeu daquele grupo,
Viveu como penitente,
Pagando o mal praticado
Contra a princesa inocente.

Carlos Magno foi achá-la,
A caminho de Toledo.
Ela estava malvestida,
Naquele horrendo degredo,
Mas, quando viu o rei franco,
Morreu de raiva e de medo.

Tempos depois, de seu corpo
Oito serpentes nasceram,
Com asas de basilisco.
As monstras arremeteram
Contra os Pares, que lutaram
E, com esforço, as venceram.

Brutamonte, que tentou
Tomar Toledo de assalto,
Topou de frente Oliveiros,
Que não teve sobressalto
E deu fim àquele monstro,
O inimigo mais alto.

Em outro campo de luta,
O infeliz Salgueirão
Achou de bater de frente
Com o guerreiro Roldão:
Um golpe da Durindana
Findou sua pretensão.

Também morreu Bradamante,
Que queria se casar
Com Galiana, a princesa,
Filha do rei do lugar,
Galafre, amigo de Carlos,
E a paz voltou a reinar.

Houve outras lutas cruentas,
Pois o cruel Talamarte,
Junto com Abderraman,
Ainda fez muita arte,
Acabando por morrer,
Sem negar seu estandarte.

Abderraman, derrotado,
Viu que Angélica vivia,
E aquilo, para o malvado,
Não foi razão de alegria.
Morreu de raiva e tristeza,
Trancado numa enxovia.

Depois, na França se deu
Um grande acontecimento:
O arcebispo Turpim
Celebrou o casamento
De Angélica com Roldão,
Um magnífico evento.

6. Que descreve a batalha de Roldão com Ferragus, um gigante cuja carne era invulnerável até para a Durindana.

Carlos Magno e os Doze Pares
Muitos reinos conquistavam,
Contudo, cada vez mais,
Os perigos aumentavam.
E inimigos poderosos
De toda parte chegavam.

Baligante, o babilônio,
Tinha um vassalo de porte,
O gigante Ferragus,
Que, além de feio, era forte.
Quem pelejasse com ele
Casava-se com a morte.

E, na cidade de Nájera,
Deu-se a grande confusão.
O gigante bravateiro
Gritava por um cristão
Que com ele pelejasse,
Com ares de fanfarrão.

Urgel de Danoá foi.
Porém, sem desembaraço,
O gigante deu-lhe um tranco
E o pôs debaixo do braço,
Jogou-o num calabouço,
Imundo e de exíguo espaço.

Carlos Magno mandou outros
Cavaleiros destemidos,
Mas, antes de eles lutarem,
Quedavam surpreendidos,
Pois eram pelo gigante
Sem muito esforço vencidos.

Até que Roldão, ousado,
Foi pedir para o seu tio:
– Senhor, deixai-me enfrentar
Esse gigante bravio.
Carlos Magno disse: – Vai!
Não percas o desafio.

E o bravo chegou a campo
Já vibrando sua lança.
Contudo, Ferragus não
Quis participar da dança.
Roldão sacou a espada
E deu-lhe um golpe na pança.

Porém, foi tempo perdido:
Era o monstro invulnerável.
Este, agarrando Roldão,
De maneira formidável,
Levou-o no seu cavalo
Para a prisão detestável.

Não se dando por vencido,
Roldão ainda o agarrou,
Tentando arrancar-lhe o elmo,
Do cavalo o derrubou.
Estando os dois desmontados,
Nova luta se travou.

Depois de luta renhida,
Que se estendeu pelo dia,
O gigante, percebendo
Que nenhum dos dois vencia,
Pediu um tempo, evocando
As leis da Cavalaria.

Foi se deitar descansado,
Pois, na lisura guerreira,
Não seria molestado,
Dormiria a tarde inteira,
Que a honra de um cavaleiro
Estava além da bandeira.

Quem é astuto não pede
Que a fortuna se ofereça.
Assim, Roldão, nesse instante,
Por incrível que pareça,
Pôs uma pedra debaixo
De sua enorme cabeça.

Ferragus, quando acordou,
Ficou impressionado
Com a cortesia dele,
Que agiu como um aliado,
E disse: – Roldão, provaste
Ser um cavaleiro honrado.

Qual é mesmo a tua fé?
Acreditas em que lei?
Roldão disse: – Sou cristão,
E creio em Deus, porque sei
Que Ele é o Justo Juiz
E dentre os reis é o Rei.

Ferragus bradou: – Eu sigo
A Santa Religião
De Mafoma,[1] que nos guia
E é lume na escuridão.
Confiado em seu poder,
Eu jamais perdi questão.

---

[1] Mafoma: nome dado a Maomé (adaptação do árabe Moḥammed) em alguns livros do ciclo carolíngio. Maomé é tratado como uma divindade, e não como o Profeta de Alá, este sim, o Deus único do Islã.

– Tens algum segredo a mais?
– Tenho – disse o inimigo. –
Aço não corta meu corpo,
Porém, ferido no umbigo,
Por menor que seja o corte,
Morrerei como castigo.

Quando a luta retomou,
Roldão, a par do segredo,
Recobrou todos os ânimos,
E, se antes não tinha medo,
Agora iria livrar
Seus amigos do degredo.

Depois de erguer sua espada,
Soltou-a com displicência
E segurou Ferragus,
Porque tinha consciência
De que só o venceria
Se usasse de paciência.

O membrudo Ferragus
Sobre o moço se atirou.
Roldão, se vendo perdido,
Depressa o punhal sacou
E no umbigo do gigante
Sem piedade o enterrou.

Atingido por Roldão,
Levando a mão à ferida,
Ferragus soltou um berro
E depois tombou sem vida.
Pela astúcia do rapaz
Sua força foi vencida.

Os vassalos do rei Carlos,
Vendo a vitória do moço,
Caíram sobre os rivais,
Cortando braço e pescoço,
E, em seguida, libertaram
Os Pares do calabouço.

7. Da ferocidade de Marsílio, rei de Saragoça, e de como Galalão traiu Roldão e os Pares de França.

Depois de tantos combates,
Carlos Magno inda vivia,
Mesmo com duzentos anos
O destino lhe sorria
E somente um inimigo
Ao grande rei resistia.

Marsílio de Saragoça,
Teimoso rei sarraceno,
Arrogante por não ter
Jamais provado o veneno
Da derrota, conservava
Na Espanha domínio pleno.

Ele enviou Blancandrino
Em poderosa embaixada.
Este encontrou Carlos Magno,
Comandando a tropa armada,
Pronto para combater,
Por não ter medo de nada.

Assim falou Blancandrino:
– Salve, grande imperador!
Um acordo irrecusável
Venho aqui hoje propor,
Selando de vez a paz
Entre vós e o meu senhor.

Se retirardes o exército
De Roncesvales, tereis
Donativos como nunca
Os tiveram grandes reis.
E tudo sacramentado
De acordo com vossas leis.

Saindo o embaixador mouro,
O rei pôs-se a meditar:
Era um acordo acertado
Ou devia duvidar?
Pois Marsílio nunca foi
Digno de se confiar.

Carlos Magno imaginou
Um bom acordo de paz,
Enviando ao rei Marsílio
Um embaixador capaz,
Propondo uma rendição
Ao rei soberbo e sagaz.

Disse assim: – Do rei Marsílio
Queremos a conversão.
Além disso, deverá
Pagar ao reino cristão
Muitos tributos, sem nunca
Trair esta condição.

Roldão disse: – Meu bom tio,
Eu considero arriscado
Enviar uma embaixada
À corte de um celerado,
Pois sinceramente temo
Por um triste resultado.

Galalão, que o odiava,
Contrapôs-se ao paladino
E disse: – Devemos ir
Ao encontro do destino.
Não pensava que Roldão
Se mostrasse tão mofino.

Roldão respondeu: – Então,
Sugiro que o conde vá
Acompanhar Blancandrino.
Decerto, não negará
Mais um favor ao seu rei
E essa missão cumprirá.

Galalão, cego de raiva,
Aceitou o desafio,
Mas, no fundo de sua alma,
O conde, torpe e sombrio,
Queria ver Roldão morto,
Longe dos olhos do tio.

Então bradou: – Eu aceito,
Porque jamais fui covarde.
Porém tu, Roldão, depois
Não deves fazer alarde,
Porque o arrependimento
Só nos chega quando é tarde.

Recebeu de Carlos Magno,
Já no rumo de outra terra,
O bastão, sinal da paz,
A luva, emblema da guerra,
E, cuspindo marimbondo,
Fez a descida da serra.

Iam ele e Blancandrino
Já falando em traição.
Disse: – Não há inimigo
Mais astuto que Roldão.
Sua morte arruinaria
Todo o partido cristão.

Urdindo a pérfida trama,
Galalão, muito ladino,
Foi a Marsílio levado
Pelas mãos de Blancandrino;
Frente a frente com o rei,
Selou seu torpe destino.

Quando o arauto anunciou
Uma embaixada francesa,
Galalão foi a Marsílio,
Movido pela vileza,
E saudando-o disse: – Rei,
Venho em paz, tenho nobreza.

Carlos, o senhor da França,
Mesmo com a guerra ganha,
Disse que vos oferece
Mais da metade da Espanha,
Desde que vos convertais,
Sem usar de ardil ou manha.

Marsílio, ouvindo a empáfia,
Com uma flecha na mão,
Preparou-se pra cravá-la
No peito de Galalão,
Mas os nobres o impediram,
Pensando na traição.

Blancandrino disse: – Rei,
O que ele nos vem propor
Vai nos trazer a vitória
Ante o velho imperador.
Se o matarmos, perderemos
Grande chance, meu senhor.

Apaziguados os ânimos,
Galalão diz a Marsílio:
– Eu, um soldado cristão,
Venho, à guisa de concílio,
Oferecer os meus préstimos.
Recusais o meu auxílio?

Enviai ao rei presentes
Dignos da eminência parda,
Ele retornando à França,
A recompensa não tarda,
Pois deixará os seus Pares
Protegendo a retaguarda.

8. Do retorno do pérfido Galalão e de como convenceu Carlos Magno a retirar suas tropas, deixando Roldão e os Pares na retaguarda.

Firmou-se o pacto maldito
Sem Carlos Magno saber.
Por Galalão convencido,
Cumprindo o régio dever,
Ele preparou a volta,
Sem a traição prever.

Galalão disse: – Senhor,
Estejamos descansados.
Quando Marsílio aceitou
Nossos preceitos sagrados,
Vi quatrocentos mil mouros
Fugirem apavorados.

Não renegando Apolim,
O grupo lançou-se ao mar.
Vi os navios zarpando,
Mas Deus os pôde alcançar
E, depois de uma borrasca,
Um só não pôde escapar.

As tropas de Carlos Magno,
Confiadas no seu Deus,
Levantando acampamento,
Deixavam os Pireneus,
Enquanto o bravo Roldão
Seguia atrás com os seus.

Vai-se o dia, vem a noite
E o famoso imperador
Já bem distante dormia,
Sem imaginar o horror,
Mas o sonho que tivera
Foi o mais assustador.

No sonho, Carlos seguia
Com uma lança na mão,
Com muita dificuldade
Enfrentava a traição,
Pois a arma era tomada
Pelo conde Galalão.

9. Que trata da prudência de Oliveiros, do orgulho de Roldão e da bravura de ambos.

Enquanto isso, lá atrás,
O valoroso Oliveiros
Viu o exército inimigo
Acercar-se dos guerreiros:
Cem mil mouros apontavam
Naqueles despenhadeiros.

Ele brada em altas vozes:
– Chegou o grande momento
De enfrentar nossos rivais,
Sem medo ou abatimento!
Honrai a vossa linhagem,
Contra o inimigo cruento.

E, falando com Roldão,
Ele pede, suplicante:
– Meu senhor, faz com que soe
A tua trompa Olifante,
Pois nossa tropa é minguada
Contra um grupo tão possante.

– Oliveiros, meu irmão,
Não me peças, por favor,
Que eu macule a minha honra
E a do meu imperador.
Venceremos todos eles
Com fé em Nosso Senhor!

Os sarracenos marchavam
E à frente de sua grei,
Cavalgava o bravo Aelroth,
Gritando: – Hoje arrancarei
O braço de Carlos Magno,
Aquele que se diz rei.

Roldão, quando ouviu aquilo,
Contra o bruto arremeteu,
Vibrou tão possante golpe
Que o seu escudo fendeu,
E o sobrinho de Marsílio
Na luta a vida perdeu.

Falseron, outro inimigo,
Que de Marsílio era irmão,
Avançou contra os franceses
Com a fúria de um leão.
Porém, topou Oliveiros,
Que o deixou morto no chão.

Roldão se lançou aos turcos
Com uma fúria tamanha
Que deu cabo de seis mil,
Ensanguentando a Espanha.
Mas bem pouco lhe valeu
Sua notável façanha.

Outro bravo que lutava
Era o Arcebispo Turpim,
Brandia a possante espada,
Dizendo: – Deus é por mim! –
Mas a cruenta batalha
Estava longe do fim.

Dos cem mil mouros na luta
Não sobrou um sequer vivo,
Mas, para comemorar,
Não tinha qualquer motivo,
Pois nova leva chegava
Com o seu rei vingativo.

10 Onde Roldão, finalmente, descobre a traição de Galalão e decide tocar a trompa Olifante, no que enfrenta a oposição de Oliveiros.

Roldão clamou: – Oliveiros,
Agora sei a verdade:
Meu padrasto Galalão,
Agindo com falsidade,
Nos vendeu ao inimigo,
Tocado pela maldade.

Dos vinte mil companheiros,
Vivos, restavam sessenta.
Sobre os outros, veio a morte,
Magra, feia e agourenta.
Com muita dificuldade,
O grupo a luta sustenta.

No entanto, Roldão, cansado,
Não tinha a mesma destreza.
Vendo os amigos morrendo,
Foi se enchendo de tristeza,
Pois não quis pedir ajuda
Por seus vezos de nobreza.

E ele, pesaroso, disse:
– Minha bela e doce França,
De ti, que não mais verei,
Só resta agora a lembrança.
Querido irmão Oliveiros,
Logo a morte nos alcança!

Vou tocar a Olifante!
Oliveiros disse: – Não!
Eu te implorei, não me ouviste.
Agora, finda a questão,
Já não há mais esperança
Pra Oliveiros e Roldão!

Repreendendo os amigos,
Chega o arcebispo Turpim:
– Irmãos, por Deus, não brigueis!
Pois já se aproxima o fim!
Toca, Roldão, tua trompa,
Faz pela França e por mim!

E Roldão, pegando a trompa,
Um grande esforço fazia,
Depois que a tocou, seu som
Com trinta léguas se ouvia.
Estando muito ferido,
Ele em sangue se esvaía.

Carlos Magno, o escutando,
Disse: – É Roldão que me chama.
Galalão repreendeu-o:
– Senhor, ele não vos ama.
Está brincando convosco,
Pois só se apoia na fama.

Certamente, deve ser
Por um coelho que matou,
Destarte vos incomoda;
Vosso sobrinho provou
Que não é de confiança,
Por isso a trompa tocou.

Mas o duque de Nemé
Disse: – O toque é persistente.
É sinal de que há perigo
E quem vos manda ir em frente
Certamente nos traiu
Com instinto de serpente.

Carlos Magno então gritou:
– Montai os vossos corcéis!
Vamos voltar para a Espanha,
Combater os infiéis,
E socorrer meu sobrinho
Dos seus martírios cruéis!

11. Onde se lê sobre o combate singular entre Marsílio e Roldão. E onde se sela o destino do nobre Oliveiros.

Enquanto isso, o rei Marsílio
Promove a devastação,
Ceifando a vida de muitos
Companheiros de Roldão,
Até se ver frente a frente
Do paladino cristão.

Roldão bradou: – Miserável,
Que o Senhor Deus te maldiga!
Mataste os meus companheiros,
Agora é comigo a briga.
Sentirás na carne o gume
Duma espada muito antiga.

E partiu pra cima dele
Como uma fera assanhada,
Deu-lhe golpes e mais golpes
Com a poderosa espada,
Decepando a mão do bruto,
Que fugiu em disparada.

Roldão inda conseguiu
Matar Jufarleu, o Louro,
Filho do bruto Marsílio,
Para tristeza do mouro,
Que fugiu com cem mil homens,
Tremendo e num triste choro.

Marganice de Cartago,
No entanto, lá se mantém,
Com milhares de guerreiros,
Montado num palafrém
De cor amarelo-escura,
Sem ter medo de ninguém.

Ele avança em seu corcel,
Como arauto da desgraça,
Mirando o nobre Oliveiros,
Como de fato o trespassa
Com sua lança rompendo
A poderosa couraça.

Oliveiros, grande herói,
Vencedor de Ferrabrás,
Mesmo ferido o atinge,
No elmo, e um estrago faz,
Fendendo sua cabeça,
Pondo fim à sua paz.

Ainda disse: – Maldito,
Para mim, não há mais jeito!
Mas tu não desfrutarás
Da traição que tens feito...–
Enquanto um jato de sangue
Jorrava pelo seu peito.

Nem por isso se deteve
E muitos estragos fez:
Com sua espada Alticlara,
Partiu cheio de altivez
Contra os ferozes rivais,
Num ato de intrepidez.

Roldão, olhando o amigo,
Vê que ele muda de cor,
Está mortalmente pálido,
Transtornado pela dor.
Brada: – Doce França, perdes
Hoje o maior contendor.

Oliveiros está cego
E, por isso, sem saber,
Golpeia o elmo do amigo,
Mas Roldão põe-se a dizer:
– Sou eu, amado, quem vem
Agora te socorrer!

O rapaz diz-lhe: – Perdão
Se te causei prejuízo.
Já não vejo e nem escuto,
Talvez me falte o juízo,
Contudo, peço ao bom Deus,
Um lugar no Paraíso.

Roldão, já desfalecendo,
Disse: – Adeus, meu nobre amigo!
Minhas maiores façanhas,
Eu as conquistei contigo!
Se a morte agora levar-me,
Já não direi que é castigo!

12. Que trata dos destinos de Roldão, Gautier e Turpim, os últimos a tombar na emboscada de Roncesvales.

Vivos restavam apenas
Gautier e o bom Turpim.
O primeiro, tão ferido,
Via aproximar-se o fim.
Mas eram homens de fibra,
Combatiam mesmo assim.

Com mil turcos desmontados,
Quarenta mil a cavalo,
Os guerreiros os esperam,
Em meio à dor e ao abalo.
Cada um daqueles três
Era da honra vassalo.

Os rivais, com muito medo,
Gritam: – Franceses bastardos! –
E contra os três lançam flechas,
Piques, azagaias, dardos.
Gautier, muito ferido,
Da vida depõe os fardos.

Cravado por quatro lanças,
De capacete fendido,
Turpim, vendo a morte perto,
Clama: – Estou muito ferido,
Mas, enquanto tiver alma,
Não me darei por vencido!

Com a sua espada Aumace,
Rogou a Deus o perdão.
Cada golpe desferido
Deixava um rival no chão.
Matou mais de quatrocentos,
Ajudado por Roldão.

O sobrinho do rei Carlos,
Mesmo se esvaindo em sangue,
Toca a trompa fracamente,
Por estar de todo exangue,
Desejoso de que o tio
Alcançasse aquele mangue.

Roldão já podia ouvir
O coro dos Serafins,
Quando o tio, atormentado
Por pensamentos ruins,
Ordenou aos seus soldados
Que tocassem os clarins.

Os sarracenos temiam,
Pois Carlos Magno chegava
Com um poderoso exército,
E esse toque, que soava,
De sessenta mil clarins,
Em polvorosa os deixava.

Por causa disso, os covardes
Investem contra Roldão.
No cavalo Vigilante,
O paladino cristão
Acaba com muitos deles,
Sem medo nem compaixão.

Os sarracenos, porém,
Atacam-no sem cessar.
Rompem couraça e escudo,
Sem sua carne tocar,
E o cavalo do rapaz,
Ferem-no até o matar.

Depois disso, todos fogem,
Sem que Roldão, desmontado,
Possa ir em sua demanda...
Ele então, desconsolado,
Chama Turpim, moribundo,
Para postar-se ao seu lado.

E diz: – Meu nobre senhor,
Reunirei os guerreiros,
Os Doze Pares de França,
Os mais bravos cavaleiros,
Pois faz pena serem pasto
Dos animais carniceiros.

E, com sobre-humano esforço,
Um a um, pôde juntar.
Quando encontrou Oliveiros,
Começou a derramar
Prantos para o companheiro,
Com quem se foi abraçar.

Levou-os ao arcebispo,
Que a todos abençoou.
Sua dor foi tão profunda
Que não mais se levantou,
Turpim, vendo-o desmaiar,
A trompa dele tocou.

E, esforçando-se, ele foi
A um riacho que corria
Ali perto, buscar água,
Num momento de agonia.
Mas, antes de lá chegar,
Da vida se despedia.

13. Do adeus a Roldão, o paladino da França.

Roldão, recobrando o ânimo,
Vendo o amigo sem vida,
Verteu prantos muito amargos
No instante da despedida,
E depois beijou a cruz
De sua espada querida.

Disse: – Minha Durindana,
Tu me deste tantas glórias!
Sobre ti os menestréis
Contarão muitas histórias,
A ti devo o galardão
Das incontáveis vitórias.

Seria de muita coita
Se mãos erradas roubassem,
Tu, espada da justiça,
E sacrílegos te usassem.
Antes, peço para Deus
Que estas mãos te despedacem.

Graças a ti conquistei
Anjou, Maine e Normandia,
Polônia, Aquitânia, Flandres,
Inglaterra e Lombardia.
Prefiro despedaçar-te,
Pois nisso há mais honraria.

Tentou uma, duas vezes,
Quebrar a possante espada,
Mas foi esforço baldado,
Pois de aço era forjada,
E só conseguiu fender
A grande rocha e mais nada.

Deitado sob um pinheiro,
Sobre a espada e a trompa,
Para evitar que caíssem
Em mãos rudes de um estrompa,
Espera, contrito em Deus,
Que o véu da vida se rompa.

E pede: – Ó Deus de Justiça,
Perdoai os meus pecados,
Recebei-me em vosso reino,
Junto de meus comandados,
Se merecermos estar
Entre os bem-aventurados!

Olhastes o bom ladrão,
Com olhos de piedade,
Perdoastes Madalena,
Testemunha da verdade,
Peço, por vossa Paixão,
Um lugar na eternidade!

E, pegando a sua luva,
A ofereceu ao Senhor,
Quando o arcanjo Gabriel,
Em nome do Criador,
Veio buscar a sua alma,
Como divino penhor.

Veio também São Miguel,
Nesse momento preciso,
Com o anjo Querubim.
E Roldão, com um sorriso,
Despedindo-se da vida,
Voou para o Paraíso.

14. Onde se lê da chegada de Carlos Magno a Roncesvales e das dores que sentiu ao testemunhar a morte de seus valorosos vassalos.

Em seguida, chega Carlos,
Com sua espada na mão.
Chorando, desesperado,
Pergunta: – Onde está Roldão,
O meu sobrinho estimado,
Corda do meu coração?

Onde estão os Doze Pares,
O belo e bravo Oliveiros,
E o arcebispo Turpim,
Meus amados cavaleiros?
A França chora hoje a perda
De seus maiores guerreiros!

Ao encontrar Roldão morto,
Carlos Magno, de alma franca,
Quer vingar-se dos rivais.
Mas, pela tristeza, estanca
E, como um louco, ele puxa
Sua longa barba branca

E ordena aos seus comandados:
– Vamos em perseguição
Dos que mataram os nossos,
Enquanto outros ficarão
Guardando os corpos dos bravos
Oliveiros e Roldão.

Nesse ínterim, nós iremos
Promover grande vingança.
Ninguém tocará nos corpos
Dos filhos da bela França.
Montjoie![2] Segui-me todos,
Com escudo, espada e lança!

E, perseguindo os pagãos,
Como leões assanhados,
Alcançaram-nos, lutando,
Muito ferozes soldados,
Vingando os bravos franceses
Que foram atraiçoados.

---

[2] Grito de guerra atribuído ao rei Carlos Magno.

Dos soldados de Marsílio,
O que logrou melhor sorte
Se lançou ao rio Ebro,
De correnteza tão forte,
E o peso das armaduras
Selou de todos a morte.

Marsílio, desesperado,
Já chamara Baligante,
Rei da velha Babilônia,
Soberbo e fero gigante,
Dono do maior exército
Naquele tempo distante.

À sombra de uma oliveira,
Com a esposa Bramimonda,
Marsílio roga aos seus deuses,
Augurando que um responda,
Mas o socorro viria
Como uma trevosa onda.

Navios e mais navios
Chegavam à velha Espanha,
Gentes de terras diversas,
Desejosas da façanha
De derrotar Carlos Magno,
Movidas por ódio e sanha.

Naus com mastros enfeitados
Da mais bela pedraria,
Quem olhasse para o mar,
Certamente estranharia
O brilho que transformava
A noite da Espanha em dia.

Carlos Magno, quando viu
Tanta gente em seu encalço,
Lembrou-se de Galalão,
Seu vassalo, torto e falso,
Que mais tarde enfrentaria
Da justiça o cadafalso.

Antes, porém, travaria
O combate mais feroz.
A Deus se recomendou,
Ergueu ao céu sua voz
E, destemido, esperou
O seu inimigo atroz.

Foi uma luta tremenda,
Com perdas de ambos os lados,
Morreram muitos pagãos,
E os franceses denodados
Conheceram muitas baixas,
Tingindo de rubro os prados.

Baligante, frente a frente
Com Carlos Magno, acertou
Um golpe no velho rei,
Seu capacete rachou,
Ferindo-o de sorte que
Por pouco não o matou.

Carlos Magno devolveu
Um golpe muito possante,
Atingindo o capacete
Do longevo Baligante,
Que o grande rei deu um grito
E tombou agonizante.

Seus comandados, ao verem
Seu senhor tombar sem vida,
Fugiam desesperados,
Porém, não viam saída.
Saragoça foi tomada
Depois de luta renhida.

Marsílio havia morrido,
Graças ao golpe fatal,
E Bramimonda, levada
Para a corte imperial,
Foi por Carlos protegida,
Sem ninguém lhe fazer mal.

O rei ainda ordenou
Que os bravos martirizados
Naquele mesmo local
Deviam ser sepultados.
E, cumprido aquele intento,
Foram todos pranteados.

Mas os corpos de Roldão,
Oliveiros e Turpim,
Levados a Saint-Romain
Com madressilva e jasmim,
Ante choro, dor e lástimas,
São sepultados enfim.

Carlos Magno e seus vassalos
Seguiram a todo pano
Para Aix, onde estava
Galalão, conde profano,
Preso e esperando o juízo
Por parte do soberano.

15. Do julgamento do traidor Galalão, de sua defesa feita por Pinabel e do temeroso combate travado entre este experimentado cavaleiro e o jovem Thierry.

Carlos reuniu os servos,
Que deveriam julgar
Galalão, o traidor,
Mas este inda quis falar
E bradou: – Sou inocente!
Quis apenas me vingar!

Em momento algum, senhores,
Eu usei de traição.
Vinguei-me de um homem só:
Meu enteado Roldão,
Cujo orgulho levou muitos
À vala da perdição.

Os barões, que eram juízes
Do caso, bem comovidos,
Pensaram em atender
De Galalão os pedidos.
Pelos argumentos dele
Quase estavam convencidos.

E pedem a Carlos Magno:
– Perdoai vosso vassalo.
Ele errou, mas não se pode
Dessa forma condená-lo. –
Ao ouvir aquela fala,
O rei sofreu um abalo.

Thierry, um moço angevino,
Diz, com voz estremecida:
– Galalão é traidor,
É um covarde homicida;
Eu o acuso agora em nome
Da minha espada cingida.

Trinta parentes do conde
Pedem o fim da sentença.
Pinabel, que era seu primo,
Pensando na recompensa,
Diz: – Aceito o desafio,
Pois recusá-lo é ofensa.

Thierry acusa sem provas,
E agora eu o desafio
A me enfrentar em combate,
Quando o passarei no fio
De minha espada, pois ele
Não passa de um cão vadio.

Os dois guerreiros se armaram
E, depois da comunhão,
Recomendaram-se a Deus,
Conforme o rito cristão,
E começaram a luta
Ante enorme multidão.

Pinabel era um gigante
De muita força e coragem,
Armado de espada e lança,
Nutrido pela voragem.
Muitos diziam: – Thierry
Fez sua última viagem.

O fato é que os dois guerreiros,
Aos seus ideais fiéis,
Começam dura batalha
Em seus possantes corcéis.
Quem vencer será cantado
Por todos os menestréis.

A luta era encarniçada,
Escudos foram quebrados,
Cotas de malha rasgadas,
Os arções arrebentados,
As duas lanças partidas
E os dois no chão, desmontados.

Com espadas afiadas,
Eram dois lobos vorazes,
Cada golpe, uma faísca,
Dos contendores capazes,
No combate singular,
Fazendo tremer as bases.

Pinabel pede: – Thierry,
Renuncia à luta agora
E eu me tornarei teu servo,
Pois és bravo, muito embora
Não sejas páreo pra mim,
E isso ninguém ignora.

– Não renuncio jamais,
Pois Galalão é culpado
E, depois deste combate,
Definido o resultado,
Pagará pelos seus crimes,
Numa corda pendurado.

Pinabel, cego de raiva,
Um grande golpe brandiu
Na cabeça de Thierry,
O capacete atingiu,
Cortou-lhe a face direita,
Porém, ele não caiu.

Thierry, mesmo atrapalhado,
Sentindo terrível dor,
Com seu aço temperado
Acertou seu contendor.
Pinabel tombou sem vida
À frente do imperador.

Muitos gritos de alegria
Ecoaram bem distante.
A vitória de Thierry
Selou nesse mesmo instante
A sina de Galalão:
Uma morte horripilante.

Trouxeram quatro cavalos,
Galalão foi amarrado.
Por possante cavaleiro,
Cada ginete montado,
Seguiu numa direção:
Assim morreu o malvado.

Bramimonda foi chamada
Perante o rei e, em seguida,
Aceitou a sua fé;
Dessa forma, convertida,
Com nome de Juliana,
Iniciou nova vida.

Carlos Magno descansou,
Depois de vencida a guerra.
Roldão pereceu, porém,
Sua história não se encerra,
Pois foi o maior guerreiro
Que já viveu nesta terra.

Seus feitos ainda hoje
São cantados no sertão,
Em romances, cavalhadas,
Nos versos da tradição.
A França o chamou *Roland*
E o Brasil chama Roldão.

Para saber mais

RONCESVALES: HISTÓRIA E LENDA

Reza a lenda que, a 15 de agosto do ano de 778, em combate com os sarracenos, sob as ordens do rei mouro Marsílio de Saragoça, morreu Rolando, sobrinho do rei franco Carlos Magno e o mais valoroso dos Doze Pares de França. Todos os outros Pares, incluindo o bravo Oliveiros, que formavam a retaguarda do exército francês, morreram no mesmo combate, travado em Roncesvales, um desfiladeiro na cordilheira dos Pireneus, a 8 quilômetros da fronteira com a França.

A data, 15 de agosto de 778, é a de uma batalha real, ocorrida em um local real, hoje pertencente ao território de Aragão, que fica na Espanha.

Roldão (nome do herói em português) e seus companheiros teriam enfrentado cem mil muçulmanos – na história verdadeira, os atacantes não foram os muçulmanos, que ocupavam praticamente toda a Península Ibérica na época. Os historiadores atribuem tal desvio da realidade ao contexto do período, que é o das Cruzadas e o da Reconquista cristã dos territórios ocupados pelos seguidores do Islã. Por conta de seu desmedido orgulho, Roldão se recusa a tocar a trompa Olifante para pedir ajuda às tropas de Carlos Magno, que seguia na frente. Mesmo quando Oliveiros, seu melhor amigo, lhe implorou que o fizesse, o herói preferiu morrer com honra. Por fim, ele decide pedir ajuda, mas já era tarde demais e todo o grupo dos Pares de França e suas tropas foram aniquilados.

Os Doze Pares foram traídos pelo conde Galalão (Ganelon, em francês), padrasto de Roldão, que tramou com Marsílio a emboscada resultante na tragédia. Antes de morrer, Roldão tentou, em vão, quebrar sua famosa espada Durindana, para evitar que caísse em mãos de seus inimigos, abrindo uma grande fenda na rocha. Todos os mouros sobreviventes da luta com Roldão morreram enfrentando o exército de Carlos Magno ou na travessia do rio Ebro. Marsílio, que teve uma das mãos decepada em combate com Roldão, conseguiu retornar ao seu palácio, mas não resistiu e acabou morrendo. Galalão, depois de provada sua culpa, foi atado a quatro cavalos, tendo o corpo estraçalhado e morte indigna e terrível.

Historicamente, a batalha de Roncesvales não se reveste do caráter heroico celebrado na famosa canção de gesta – quer dizer, no poema longo que celebra feitos de heróis do passado, neste caso, os de Roldão e seu grupo de guerreiros. Na verdade, os franceses foram vítimas não dos sarracenos (maometanos), mas, sim, de uma emboscada de bascos cristãos, revoltados com a destruição das muralhas de sua principal cidade, Pamplona. Ela fora arrasada pelas tropas do futuro imperador Carlos Magno, que, agindo assim, pretendeu evitar que os inimigos islâmicos se escondessem em suas fortificações.

A CANÇÃO DE ROLANDO E OUTRAS FONTES

A batalha de Roncesvales, que registrou o fim do paladino, foi recontada n'*A Canção de Rolando*, a primeira e mais importante canção de gesta francesa, aparecida entre o fim do século XI e o início do século XII. O contexto em que a obra foi criada é o das primeiras Cruzadas e, seguramente, é posterior à conquista de Jerusalém pelos cristãos em 1099. Apesar de escrita numa era de extremos, *A Canção de Rolando* não pinta os muçulmanos como a encarnação do mal absoluto, diferindo, nesse particular, de outras obras de seu tempo e mesmo posteriores.

Se Marsílio, o rei de Saragoça, aparece como uma figura reprovável, é o orgulho de Rolando (Roldão) que será determinante na derrota de Roncesvales. Os seguidores do Islã ainda são retratados como politeístas, sendo Maomé não o Profeta e fundador de sua religião, mas um de seus deuses. O qualificativo pagão (do latim *pagus*: campo) para todo e qualquer muçulmano equivalia a *infiel* (inimigo da fé). Os exageros no tocante aos combates, em que o número de inimigos é sempre hiperbólico, se reflete na longevidade de Carlos Magno, retratado com duzentos anos de idade, e na exaltação da batalha como possibilidade, de se alcançar a salvação.

A primeira citação de que se tem notícia acerca de Rolando é a *Vita Caroli Magni* ("Vida de Carlos Magno"), de Eginhardo, datada de 830, em que o herói surge como o prefeito da marca (ou marquesado) da Bretanha. Um alicerce histórico muito frágil, que, alimentado pelo espírito da época, redundou não apenas n'*A Canção de Rolando*, mas também em várias outras canções de gesta, crônicas e novelas de cavalaria. Uma dessas novelas, *Fierabras* ("Ferrabrás"), escrita possivelmente no século XII, é o ponto de partida de muitas outras obras. Nela, o protagonismo é de Olivier (Oliveiros), grande amigo de Roldão, que se diferencia dele por sua prudência. O gigante Ferragus (ou Ferragut), rival de Roldão em um combate calcado na história bíblica de Davi e Golias, surge pela primeira vez no capítulo XVII do Livro IV do *Codex Calixtinus* (ou Códice Calixtino e também Códice de Compostela), escrito na segunda metade do século XII por um francês desconhecido. Segundo uma improvável tradição, seu autor seria o arcebispo Turpin (Turpim em nossa história), mártir de Roncesvales n'*A Canção de Rolando*. A comparação com Davi e Golias é baseada no tamanho de Roldão – com 58 polegadas, isto é, 147 centímetros, ou seja, menos de um metro e meio.

O herói ressurgiu nos épicos italianos *Orlando Innamorato* (1483), de Matteo Maria Boiardo, obra que ficou incompleta, pela morte de seu autor, cuja continuação, *Orlando Furioso*, de Ludovico Ariosto, de 1516, narra a loucura do herói após ver sua amada Angélica, princesa do Catai (China), cair de amores pelo mouro Medoro. Ferragus aparece em ambas (na segunda é chamado Ferraù), como rival de Orlando (nome italiano de Rolando) pelo amor de Angélica.

Roldão (Roldán em castelhano e galego) foi motivo de uma conversa jocosa, no *D. Quixote*, entre o Cavaleiro da Triste Figura, o cura e o barbeiro, que girava em torno de seu controverso amor por Angélica. Na *Historia del Emperador Carlos Magno y de los Doce Pares de Francia*, de Nicolás de Piamonte, escrita entre 1521 e 1525, ele já aparece como o cavaleiro por excelência, arquétipo do herói indomável e grande defensor da causa cristã. O médico Jerônimo Moreira de Carvalho, físico-mor do Algarve, traduziu para o português esta obra, publicada em Lisboa em 1728, com incontáveis reimpressões. Este livro, de capital importância para a cultura popular brasileira, inspirador das cavalhadas dramáticas, é uma espécie de síntese de toda a matéria carolíngia. O combate de Roncesvales ocupa poucas páginas, mas outras peripécias de Roldão, incluindo as circunstâncias excepcionais de seu nascimento, o combate com Ferragus, o episódio pitoresco do leão de ouro de que se serve para se aproximar da amada Angélica, rendem momentos memoráveis.

Popularíssima nos séculos XVIII e XIX, *História do imperador Carlos Magno* serviu de matriz para grandes clássicos da literatura de cordel nordestina, a exemplo de *Batalha de Oliveiros e Ferrabrás* e *A Prisão de Oliveiros*, de Leandro Gomes de Barros, escritos no início do século XX; *Roldão no Leão de Ouro*, de João Melchíades; e *O Cavaleiro Roldão*, de Antônio Eugênio da Silva. Em 1942, o grande folclorista Luís da Câmara Cascudo ouviu de um cego que esmolava às portas do mercado de Currais Novos (RN) o seguinte agradecimento:

Deus lhe pague a santa esmola
Que me deu de coração,
Lhe dê cavalo de sela,
Inverno neste sertão,
E lhe dê uma coragem
Como Ele deu a Roldão.

Ainda hoje, Roldão é presença viva no folclore brasileiro. Além disso, batiza uma cidade norte-paranaense, Rolândia, cujos fundadores, colonos de origem alemã, se inspiraram em Bremen, a cidade germânica que, desde 1405, ostenta a mais famosa estátua do herói.

Bibliografia

ANÔNIMO. *A canção de Rolando*. Tradução de Rosemary Costhek Abílio. São Paulo: Martins Fontes, 2006.

CASCUDO, Luís da Câmara. *Mouros, franceses e judeus*: três presenças no Brasil. 3ª ed. São Paulo: Global, 2001.

FERREIRA, Jerusa Pires. *Cavalaria em cordel*: o passo das águas mortas. 3ª ed. São Paulo: Ateliê Editorial, 2017.

HAURÉLIO, Marco. *Breve história da literatura de cordel*. São Paulo: Claridade, 2010.

PIAMONTE, Nicolás *História do Imperador Carlos Magno e dos Doze Pares de França*, traduzida do castelhano por Jerônimo Moreira de Carvalho. Rio de Janeiro: Livraria Império, s/d.

BIOGRAFIAS

MARCO HAURÉLIO

Marco está ligado a duas faces do cordel: a escrita e a pesquisa. Nascido em Ponta da Serra, localidade rural do alto sertão baiano, escreveu seus primeiros versos aos seis anos de idade. Aos sete, já sabia de cor vários romances de cordel e, por isso, era sempre chamado para declamá-los nas reuniões familiares. Encantava-se com as histórias narradas pela avó materna, Luzia Josefina de Farias (1910-1983), que iam das sagas de sua família aos contos populares, em especial os maravilhosos.

Seu contato com o universo lendário envolvendo o imperador Carlos Magno também se deu por meio do cordel, quando leu *Batalha de Oliveiros* com *Ferrabrás* e *A prisão de Oliveiros*, adaptações do cordelista Leandro Gomes de Barros de episódios extraídos do *Livro de Carlos Magno*. Hoje, Marco pesquisa o persistente Medievo, presente em tradições populares do Brasil, como cavalhadas e chegancas, e recria, em cordel, algumas das histórias fantásticas que chegaram aos nossos dias, a exemplo da saga de Roldão (Roland) e d'*O Romance de Tristão e Isolda*.

Entre seus ensaios, contam-se *Breve História da Literatura de Cordel*, *Literatura de Cordel – do sertão à sala de aula* e *Antologia do Cordel Brasileiro*, além de sua dissertação de mestrado pela Unicamp, *O fio e a meada*: classificação tipológica e uma história cultural da literatura de cordel.

JEFFERSON CAMPOS

Nasceu em São Paulo, capital, e, ainda criança, foi levado por sua família para Nova Cruz, Rio Grande do Norte, onde morou grande parte da sua infância. Aos 12 anos, seguiu para a cidade de Natal, onde vive até hoje. Filho de José Anselmo Campos e Edileusa Bezerra de Lima Campos, despertou para a arte ainda pequeno: produziu os seus primeiros rascunhos aos oito anos. Apaixonado pela cultura popular, especialmente pela literatura de cordel, uniu seu dom artístico ao amor pela poesia e, aos 35 anos, começou a produzir xilogravuras – a arte característica das ilustrações de cordéis. Dono de um traço marcante, encanta o público com obras cheias de vida e movimento.

É autor de xilogravuras para capas de folhetos de cordel, livretos e também dos livros *Cordelistas contemporâneos*, *Boca da Noite*, de Robson Renato, 2017; *Se fala assim no sertão*, de Manoel Cavalcante, 2018; *O dia em que o Velho voltou a sonhar*, de Filipe Leão, 2018; *A espada de Thanatos*, de Geraldo Tavares, 2019; *Versejando*, de João Rodrigues Ferreira, 2019, e outros. Seus trabalhos já participaram de diversas exposições. Ministra oficinas e dá palestras sobre xilogravura popular.

Direção editorial
MIRIAN PAGLIA COSTA

Direção de infantojuvenis
HELENA MARIA ALVES

Coordenação "Cordel na Estante"
MARCO HAURÉLIO

Preparação e Revisão de texto
PAGLIACOSTA EDITORIAL
BRUNO D'ABRUZZO

Projeto gráfico e diagramação
MAURICIO NISI GONÇALVES